Sebastian López

Analisis cualitativo del agua termal del baño de Atotonilco

Antigonos

Sebastian López

Analisis cualitativo del agua termal del baño de Atotonilco

Reimpresión del original, primera publicación en 1880.

1ª edición 2024 | ISBN: 978-3-38690-680-7

Antigonos Verlag es un sello de la Outlook Verlagsgesellschaft mbH.

Verlag (Editorial): Outlook Verlag GmbH, Zeilweg 44, 60439 Frankfurt, Deutschland
Vertretungsberechtigt (Representante autorizado): E. Roepke, Zeilweg 44, 60439 Frankfurt, Deutschland
Druck (Imprenta): Libri Plureos GmbH, Friedensallee 273, 22763 Hamburg, Deutschland

FACULTAD DE MEDICINA DE MEXICO.

ANALISIS CUALITATIVO

DEL AGUA TERMAL

DEL BAÑO DE ATOTONILCO,

Del Distrito de Ixtlahuaca del Estado de México,

Y LIGERAS CONSIDERACIONES

SOBRE LA CAUSA

DE LA TERMALIDAD DE LAS AGUAS MINERALES EN GENERAL.

TESIS

PRESENTADA AL JURADO DE CALIFICACION

POR

SEBASTIAN LOPEZ

EN SU EXAMEN PROFESIONAL DE FARMACIA.

MÉXICO.

IMPRENTA DE IRENEO PAZ, ESCALERILLAS 7.

1880.

Al Sr. Ingeniero Jesus Fuentes y Muñiz

Y

DIRECTOR DEL INSTITUTO LITERARIO

DEL ESTADO DE MEXICO.

———————⟩◦⟨———————

AL DISTINGUIDO QUIMICO MEXICANO

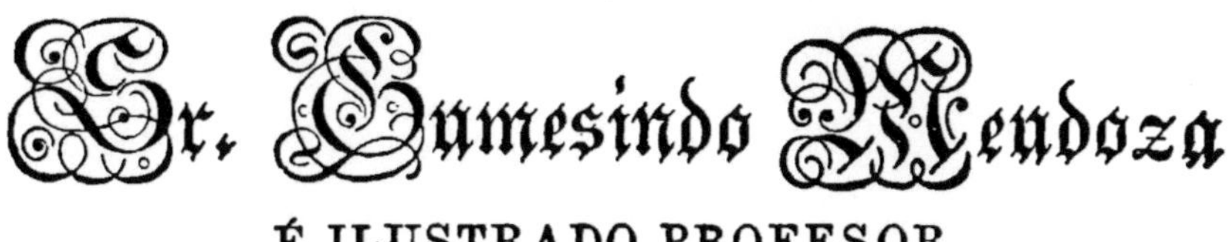

É ILUSTRADO PROFESOR

J. M. LAZO DE LA VEGA.

INTRODUCCION.

El estudio del rico y fértil suelo de México, es tan importante bajo todos aspectos, que cualquiera que sea el objeto en que fije su atencion el mundo científico, siempre encontrarán en él un extenso horizonte la infatigable actividad del naturalista, las profundas investigaciones del químico y la perspicaz mirada de la industria. Todo en él exita un vivo interés; desde la mas humilde planta que una misma estacion ve nacer y florecer, hasta las gigantescas rocas que coronan el vértice de sus elevadas montañas.

Los tres reinos de la naturaleza, segun la antigua y elegante clasificacion de Linneo, ministran á las ciencias médicas especialmente, los mas poderosos recursos para sustraer á la humanidad de las innumerables dolencias que sin cesar la combaten; y á medida que la química ensancha la esfera de sus conocimientos, y la fisiología avanza un paso mas en el mundo de los fenómenos de nuestro complicado organismo, la terapéutica formula un nuevo principio, que á su vez confirman la observacion y la experiencia.

Muy distinguidos trabajos se han publicado ya de mexicanos ilustres, en los distintos ramos del saber, y si bien todos ellos son un timbre de honor para sus autores, los emprendidos hasta hoy por esas notabilidades, para su aplicacion en medicina, formarán siempre una gloriosa página en la terapéutica nacional, de que notable urgencia tiene un país como el nuestro, en cuyo fecundo seno acumuló la naturaleza tantos elementos de vida y recursos tantos para su prosperidad.

Al reino mineral corresponde el ligero estudio que ten go la honra de presentar al respetable Jurado de calificacion, supuesto que en él se trata de la análisis de una agua térmica mineral, que entre otras de su género, ha gozado desde tiempo muy remoto de una reputacion merecida, por sus notables propiedades medicinales. Confieso con ingenuidad que, estoy muy lejos de haber llena. do satisfactoriamente el objeto que me propuse; porque si bien es verdad que el exámen químico de una agua salina no difiere del método general de análisis, hay que tomar en consideracion una série de circunstancias, las unas locales y las otras meramente accidentales, respecto del elemento mineralizador, que mas pudominante sea en una agua termal en el instante mismo de su emergencia del seno de la tierra; circunstancias que, debidamente apreciadas, forman la base de su clasificacion.

La reconocida ilustracion del Jurado, á quien tengo el honor de dirigirme, sabrá pesar las dificultades con que generalmente tropiezan, los que como yo, hacen su primer ensayo en la ciencia de las combinaciones, y por lo mismo, confio enteramente en que se dignará juzgarlo con la benevolencia que lo caracteriza.

SITUACION DEL BAÑO.

Entre los manantiales de agua termal que existen en el país, merece fijar la atencion el situado en las inmedia_ciones del pueblo de Atotonilco, al S O. y á dos leguas de la cabecera del Distrito de Ixtlahuaca, del Estado de México, tanto por su composicion química, como por la notable temperatura que marca al termómetro centígrado. La posicion del baño es tambien digna de notar, supuesto que ella revela su orígen.

En el centro de un pequeño lago de forma elíptica, se eleva un promontorio formado de rocas de orígen volcánico. La naturaleza dejó entre ellas una cabidad suficiente para penetrar en él y bajar sin mucho trabajo al lugar en que brota el agua; de modo que sus vapores se difunden en una especie de bóveda; y ya dentro, se experimenta la misma sensacion que en nuestros baños artificiales. El aspecto agreste del lugar, el murmullo del agua que parece estar en ebullicion, vistos á la escasa luz que furtivamente se dezlisa entre las grietas de las peñas, no dejan de imponer al que por primera vez penetra en aquel baño.

Es de suponerse que el lago que lo rodea conserve el nivel de sus aguas por el derrame continuo de la termal que brota en su centro, y que por lo mismo participe de su naturaleza química. Los enfermos que en las cuatro estaciones del año concurren á él, tienen, pues, que embarcarse en chalupas dirigidas por los naturales de aquel lugar, siempre celosos de ese tesoro que la naturaleza puso en sus manos.

Me parece oportuno que antes de exponer los resultados de mi análisis, dé una rápida ojeada sobre las principales teorias de la termalidad de las aguas, manifestando mi humilde opinion sobre este particular y especialmente respecto del água del baño de Atotonilco.

Hipótesis sobre la causa de la termalidad de las aguas minerales en general.

Tres son las hipótesis mas notables acerca de la temperatura de las aguas minerales:

1ª El contacto con las capas mas calientes del globo, cuya temperatura es debida al fuego central.

2ª Las corrientes eléctricas que se desarrollan en las capas sólidas del planeta.

3ª Las combinaciones químicas que se verifican entre los elementos de que se compone la parte solidificada.

I.

El agua del manantial á que me refiero, parece elevarse de un terreno situado á mucha profundidad, que segun la clasificacion de Mr. Chevreul, no puede ser sino de los primitivos, tanto por el principio mineralizador que dicha agua trae consigo, como por el aspecto superficial del lugar en que brota y su proximidad à la gran cordillera que atraviesa de norte á sur nuestro continente. No presenta, sin embargo, la extension que rodea el baño, el carácter peculiar que la geología distingue; lo que probablemente es debido á que terrenos de formacion muy reciente, con relacion á los primitivos, han permitido á una gran parte de esos lugares, cubrirse, por decirlo así, de los girones de ese manto de verdura que ostentan otros de nuestro fértil territorio.

El pintoresco Nevado de Toluca, que derrama por todos sus flancos arroyos cristalinos, surtiendo de agua potable á muchas de las poblaciones que lo circundan, no parece ser el que derrame en esa localidad el agua termal. Pero sí admitimos que por la grande altura á que se encuentra el nivel de la enorme masa de agua que contiene en su seno, es por esto que domina el terreno en que está el baño, el agua que lo surte, cargada de sales, ha debido penetrar á mucha mayor profundidad de la que mide desde su vértice el extinguido volcan. A primera vista parece inadmisible esta hipótesis; pero basta refleccionar que el mismo volcan no pudiera contener á tan grande altura el agua de que está lleno, si no estuviese á su vez dominado por otro depósito de mayores dimensiones; porque todos los manantiales, en mi humilde juicio, forman entre sí un sistema de vasos comunicantes.

Ahora bien; si admitimos que del agua del volcan se surte el baño de Atotonilco, esta agua ha penetrado, como dije antes, á una gran profundidad, hasta ponerse en contacto con las capas mas calientes del globo, para tomar de ellas la temperatura que marca en la superficie de la tierra. Segun esto, ¿no pudieran existir otros muchos manantiales de agua termal en las cercanías de semejantes depósitos, si se debiese al fuego central la temperatura de las aguas minerales? Era de suponerse que sí, porque el agua de esos grandes depósitos, filtrándose de capa en capa, ó buscando un nivel constante en las ondulaciones de las que fuesen impermeables, acabaria, por ese sistema de vasos comunicantes, por ponerse siempre en contacto con las capas mas calientes de la tierra; dando por resultado que, los manantiales mas próximos al centro, serian los que marcaran mayor temperatura de los que tuviesen mayor altura; pero en todos ellos seria constante, y por consecuencia, las aguas termales serian muy comunes en todos los Continentes.

Por estas consideraciones creo que el agua del baño termal de Atotonilco, tiene otro orígen, y siguiendo la hipótesis de la existencia del calor central, diré que, cualquiera que sea el orígen de ese manantial, no puede tomar su temperatura del contacto con los terrenos mas calientes del globo, porque segun Cordier, uno de los mas ardientes defensores de esta teoría, la masa fundida del planeta puede llegar á 250,000 grados del termómetro centígrado; y si este calor fuera la causa única de la temperatura de las aguas que saltan á su superficie, no cabe duda que seria capaz de trasformar instantáneamente en vapor esas grandes masas de agua que se esconden en sus entrañas, produciendo así, por su poderosa tension, ó un desgarramiento de su frágil corteza, ó una rápida proyeccion de esas aguas.

II.

Las corrientes eléctricas que se desarrollan entre los minerales de que se compone una gran parte de la capa sólida del globo, han sido asunto para que un sábio geólogo americano explique la existencia de los volcanes, rechazando de esta manera la hipótesis del fuego central. Por lo que toca á nuestro objeto, creo que dichas corrientes podrán tomar parte, de una manera indirecta, en la temperatura de las aguas minerales; porque á su paso, calentándose y aun fundiéndose las masas metálicas, es natural que las aguas que sobre ellas existan, tomen una notable cantidad de calor.

Si las corrientes eléctricas fuesen la causa directa de la termalidad de las aguas, no solo se volatilizarian, sino que resolviéndose en sus elementos, hidrógeno y oxígeno, formarian un volúmen gaseoso que haria estallar la parte de la tierra en que tuviesen lugar.

III.

La consideracion de que toda agua termal es casi siempre mineral, da muy fuertes presunciones para creer con fundamento que á las combinaciones y descomposiciones químicas, es debida su temperatura. En efecto; las reacciones que se verifican en pequeño, en los casos de análisis, nos dan una idea aproximada de la gran cantidad de calor que producirán esos mismos elementos en las grandes proporciones en que existen en el inmenso laboratorio de la tierra.

El sábio naturalista Guibourt, hace notar que en las solfateras ó volcanes de azufre, donde se producen corrientes contínuas de á ido sulfuroso, por la oxidacion del azufre en el aire atm férico, ó por el que existe en las aguas que atraviesa nasta saturacion, pasa muy pronto al estado de ácido sulfúrico, mucho mas ávido de combinacion que el primero; se hidrata y se une á las bases que encuentra, produciendo así una gran cantidad de calor.

Este mismo fenómeno debe veríficarse en el seno de todas aquellas aguas que, cargadas de los elementos solubles del terreno ó terrenos que atraviesan, los pone en circunstancias propias para su combinacion, absorviendo así incesantemente mas y mas calorías, y sin tener mas límite que el agotamiento de los terrenos en que circulan.

Las combinaciones y descomposiciones químicas, son, en mi humilde concepto, las causas directas de la termalidad de las aguas minerales. Creo tambien que el calor producido por ellas deberá ejercer una accion especial en los enfermos que van á buscar la salud en esas piscinas que la sábia naturaleza ha preparado por sí misma.

Me permitiré, por último, hacer una ligera observacion.

La inconstancia de las propiedades terapéuticas de las aguas minerales artificiales, ¿dependerá acaso de que no están en proporciones definidas los elementos que las constituyen, ó á que alguna influencia debe tener en el organismo el calor producido por las reacciones químicas?......

Cuestiones son estas que solo una observacion atenta podrá resolver.

ANALISIS.

Temperatura media de diez observaciones. 47°

PRODUCTOS GASEOSOS.

Aire, ácido carbónico y vapor de agua.

PRODUCTOS SOLIDOS.

Sulfato de cal; carbonatos de cal, de magnesia, de sosa; cloruros de sodio, de potasio, de magnesio; ioduro de potasio y bromuro de la misma base, vestigios; fierro, indicios solamente.

Puse un litro de agua en un matraz, que llené á poca distancia del tapon, al que fijé un tubo abductor en comunicacion con otro de mayor diámetro y un frasco pequeño, conteniendo el primero piedra pomez mojada en ácido sulfúrico concentrado, y el segundo, una solucion de potasa cáustica: puse el líquido en ebullicion, recibiendo el gas en una pequeña campana de mercurio, cuyo nivel ví deprimirse cierta cantidad, teniendo en cuenta el aire del aparato.

Probé despues que este volúmen de gas no eran ácidos sulfhidrico ó carbónico, por los caracteres especiales de estos cuerpos. Desmonté el aparato y puse otro litro de agua en el matraz, perfectamente limpio, colocando en el tapon un termómetro de mercurio y un tubo abductor en comunicacion con otro de mayor diámetro que contenia cloruro de calcio seco y pesado de antemano: por medio de otro tubo en ángulo recto, puse en comunicacion las piezas anteriores con un frasco que contenia hasta su mitad agua de cal. Elevé la temperatura del líquido hasta que el termómetro me marcó la misma que tenia en el manantial, y desmonté en seguida el aparato. El aumento de peso del tubo de cloruro de calcio y el ligero enturbiamiento del agua de cal, me revelaron la cantidad de vapor de agua y la presencia del ácido carbónico.

☞ Respecto de las sustancias disueltas, procedí á su reconocimiento siguiendo el método general por vía húmeda de los Sres. Gerhard y Chancel, concentrando antes, en un baño de arena, seis litros de agua hasta reducirlos á la sesta parte. Una mitad del licor filtrado, acidulado por el ácido clorhídrico, apenas indicó el desprendimiento de pequeñas burbujas de ácido carbónico. Este líquido, puesto sucesivamente en contacto con los reactivos del primero, segundo y tercer grupo de los metales, solo produjo una ligera opalescencia con el sulfihidrato de amoniaco. Queriendo asegurarme de la existencia del fierro, tomé en un tubo de ensaye una pequeña cantidad del líquido primitivo y lo sometí al calor con una gota de ácido nítrico, al que agregué en seguida otra de sulfocianuro de potasio, tomando por esto el licor una ligera coloracion rosada persistente; con lo que se probaba la existencia del fierro al mínimun en el agua termal: este resultado lo comprobé con el ferrocianuro de potasio y el tanino.

Neutralizado el licor por el amoniaco, agregué á otra porcion carbonato de la misma base, que dió un ligero precipitado blanco; puesto éste en reposo, decantado y lavado, lo disolví en el ácido clorhídrico. A la mitad de la solucion puse sulfato de cal, que no dió precipitado alguno despues de un reposo suficiente. A la otra mitad agregué ácido oxálico, cuyo reactivo produjo inmediatamente un pequeño precipitado blanco, insoluble en un exceso del licor precipitante, por lo que deduje la presencia de la cal.

Tratada otra porcion del licor por el fosfato de sosa,

no dió en el acto precipitado alguno, pero por la agitacion continua en una copa, con una varilla de vidrio, el líquido se enturbió de una manera notable. Este resultado me indicó la presencia de la magnesia. Filtrado este líquido y evaporado en una cápsula de porcelana, hasta sequedad, reunido el depósito y colocadas algunas partículas en la estremidad de un alambre de platino, las puse en la llama de una lámpara de alcohol: la coloracion amarilla, muy característica, me dió á conocer la sosa. El antimoniato de potasa confirmó este resultado.

Herbida la mitad del líquido restante con agua de barita y filtrado el depósito formado, lo mezclé con un exceso de carbonato de amoniaco: vuelto ó filtrar, lo evaporé hasta sequedad y el residuo lo disolví en el alcohol, al que inflamé, produciendo una llama ligeramente bordada de un color violeta. Repetí las mismas operaciones con otra parte de la mitad del líquido restante, lo traté por el ácido tártrico y el bicloruro de platino, que confirmaron la primera indicacion de la existencia de la potasa.

Los ácidos combinados con las bases anteriores, fueron: el ácido sulfúrico que dió precipitado con las sales de barita; el ácido clorhídrico, con el nitrato de plata, que produjo un abundante precipitado de cloruro de plata, en su mayor parte soluble en el amoniaco; el ácido iodhídrico, por el agua clorada y el almidon, y finalmente, el ácido bromhídrico, por el precipitado casi imperceptible producido por el ácido nítrico en la solucion amoniacal, y por la coloracion amarillosa que tomó el éter agitado con una pequeña cantidad del licor primitivo.

Tales son los resultados prácticos que obtuve en el presente análisis; siendo de advertir qne lo verifiqué en una regular cantidad de agua, trasportada á esta ciudad con las mayores precauciones que me fueron posibles. Tal vez existan algunas otras sustancias que un estudio mas atento y en las circunstancias debidas, haga conocer. Por ahora, el agua cuyo análisis acabo de exponer, la coloco, siguiendo la clasificacion de Durand, Fardel y Lefort, modificada por el Sr. Lobato, en la tercera clase de la familia de las *cloruradas*, que corresponde al tercer tipo de los siete que indica el Sr. Soubeiran.

Doy las gracias al Sr. profesor J. M. Lazo de la Vega, por su bondad en proporcionarme los datos indispensables para este estudio.

México, Agosto de 1880.

S. López.